주눅이
사라지는
방법

창비
청소년
시 선
31

주눅이
사라지는
방법

유현아 시집

창비≡

차
례

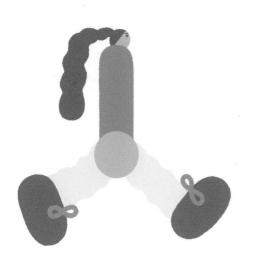

제1부
너한테
고백할 거야

열일곱

삼촌은 양탄자를 타고 다니는 알라딘이라고 했지
양탄자는 이제 없다는 걸 알 나이야, 나도
삼촌 트럭에 올라타 끈적끈적한 바람 마시며 도로를 달
린 적도 있지
에어컨이 고장 났다는 걸 알 나이야, 나도

삼촌은 인기가 많아 전화가 폭풍처럼 휘몰아친다고 했지
"예, 예." "곧 갑니다." "잠시만요."
삼촌이 아주 잘 쓰던 대답이었지
그중 '고객님'이라는 말을 가장 많이 했다는 걸 알 나이
야, 나도

우리 아파트 관리소장님이 삼촌한테
"어이, 택배. 엘리베이터 타지 말고 걸어 다녀."라고 했
을 때
그냥 지나친 나를 곁눈질로 봤다는 걸 알 나이야, 나도

우리 조카는 공부 잘해서 삼촌처럼 되진 말아야지

삼촌, 나 정보산업고등학교에 다녀
어쩌면 삼촌처럼 양탄자를 타고 다닌다고 뻥칠 수도 있어
어쩌면 삼촌처럼 걸려 오는 전화기 속 목소리들을 대신
해 일할 수도 있어
어쩌면 삼촌처럼 발바닥에 물집이 잡혀도 뛰어다녀야
할 수도 있어

삼촌은 최고지
고등학교 입학했다고 진심으로 축하해 준 사람은 삼촌
뿐이었어

엄마한테 돈 꾸러 온 거 알지만 모르는 척한 건 예의상
그랬어
삼촌을 좋아하지만 삼촌처럼 힘들게 사는 게 무서워
가끔 삼촌을 못 본 척하는 건 내가 열일곱이라서 그런
거야

주눅이 사라지는 방법

내 어깨엔 주눅이 붙어살아요
하루도 빼놓지 않고 어디에선가 귀신처럼 날아와요
깔깔 웃는 내 얼굴에도 가끔 주눅이 붙어요
자세히 보면 교복에도 얼룩처럼 붙어 있죠

거울 속 그림자처럼 나만 볼 수 있다면
주눅 같은 건 없다고 거짓말 칠 수 있는데
나만 빼고 다 보이나 봐요
어깨 가슴 쫙 펴고 다니라고
교복 신경 쓰지 말라고
땅바닥 보지 말고 정면만 보라고
말해 주는 내 친구 등에도 주눅이 붙어 있죠

학원 가는 길 신호등 옆
빨간 등이 켜질 때를 기다리며 내 친구는
가끔 이런 고함을 지르죠
흥, 칫, 뿡
친구 등짝을 후려치면

주눅이 신기루처럼 사라지기도 해요
하지만 그건 잠깐,
주눅은 또다시 내 친구 머리 꼭대기에서
룰루룰루 노래를 하죠

가끔 내 친구와 나는 주눅 든 책가방을
서로 바꿔 들기도 해요
그러면 주눅이 작아지는 느낌이 들어요
지금 친구와 나는
주눅이 사라지는 방법을 연구 중이에요

쉬는 시간

나 알바 구했어 ^^

커피 무료 시음 권유하는
거야 시급도 쎄 ㅋ

근데 학교는 어쩌고 왔냐고
사장이 물어봄 ㅠㅠㅠ

자퇴했다고 했지

알바 구할 때마다 맨날
학교를 물어봐 짜증 나게

야, 문자 계속 씹냐?

이게 미쳤나?

수업 시간에 답장을
어떻게 해?

너는 좋겠다

선생님 안 봐도
되고 ㅋㅋ

일하냐?

문자 계속 쓰네

내가 말 안 하는 이유

엄마한테 말하면 말이 안 통하고

선생님한테 말하면 일이 커진다

눈 깜짝할 사이에 벌어진 일

우리 반 그놈이 교실이 떠나가라 떠들어 댄다
별 얘기도 아닌데 애들도 덩달아 낄낄거리며 떠들어 댄다
우리 반 그놈은 선생님도 함부로 못 하는데
전번에 의자를 부쉈는데도 조용히 넘어갔는데

키도 작고 친구도 없는 그 애가
제일 앞자리에 앉아 턱 괴고 딴생각만 하던 그 애가
투명 인간 취급 받던 그 애가

책상을 탁 치고 일어나
"조용히 해. 이게 니 교실이야?"라고 소리쳤을 때
우리 반 그놈이 눈을 끔뻑거리며 말없이 자리에 앉았을 때

나는 사이다를 마신 것처럼 속이 뻥 뚫렸다
정말 눈 깜짝할 사이에 벌어진 일이었다

바로 너라고

쟤가 또 너 쳐다봤어
쟤 맞지?
거봐 거봐 너야, 바로 너라고

너는 얼굴이 다른 애들보다 크다고
너는 언덕 꼭대기에 있는 학교 다니느라 무 다리가 됐다
고 투덜대지만
너는 싸움꾼 날라리 취급 받지만

깔깔깔 웃는 너의 목소리를 들으면 속이 다 후련해
전에 재수탱이 쌤한테 나 대신 화내 준 거 기억해
전에 길에서 우리 엄마 짐 들어 준 거 알아
(맞아 우리 엄마였어 내가 무시했던)
길 잃은 아이 파출소 데려다준 거 알아
그게 바로 너야, 너의 매력이라고

쟤가 또 너 쳐다보면서 왔다 갔다 안절부절못하잖아
너한테 고백할 거야 아마

학원에서 널 쳐다보는 눈빛을 보면 알 수 있어
교복이 후지지만 않으면 좋겠는데 그거야 뭐
잘못이 아니잖아
쟤가 또 너 쳐다봤다 얼굴 빨개진 거 봐

얼른 가 봐
너의 이야기를 충분히 들어 줄 남자 친구가 될 거야

고백할까?

넌 모를 거야 내가 누군지

교복 치마에 껌 붙었을 때
너도 웃었잖아
사회 시간에 졸았다고 꿀밤 맞을 때
너도 킥킥거렸잖아
급식에 카레 나왔을 때 노랗게 물든 내 입술 보고
너도 깔깔거렸잖아
시험 망쳐서 책상에 엎드려 있을 때
내 어깨 툭툭 치고 갔잖아

네가 웃을 때 너의 눈이
두 가닥 실처럼 변한다는 걸 나는 알지
국어 시간에 시인처럼
시를 참 잘 읽는다는 걸 나는 알지
수학 시간에 선생님 설명 대신
창밖의 소리를 듣는다는 걸 나는 알지
가끔 학원 가는 대신 나처럼

피시방에 간다는 걸 나는 알지

그래도 넌 모를 거야 내가 누군지
나는 너를 좋아하는 그냥 나니까

헤어진 다음 날 1

1교시
너 왜 우니
2교시
너 무슨 일 있니
3교시
너 왜 엎드려 있어
4교시
너 똑바로 앉아

선생님은 날 귀찮게 했어
심장이 탈 것같이 열이 나는데 어쩌라고

헤어진 다음 날 2

울어도 울어도 눈물이 나오는데 어쩌라고
입에서는 계속 욕만 나오는데 어쩌라고
학교에선 아무것도 할 수가 없어 짜증 나

화장실 변기에 앉아 울고 있는데
희정이가 아이스크림 하나를 슬며시 넣어 주고 갔어
한 입 물고 나니 기분이 좋아지는 것 같은데
왜 눈물이 더 날까

교실로 가는 복도에서
그놈이 웃으면서 지나갔어
머리 꼭대기에서 불이 나는 것 같아
매점에서 아이스크림을 세 개 사서
화장실로 다시 들어갔어

속마음

내 친구는 나보다 예쁘지 않았으면 좋겠어
내 친구는 나보다 공부를 좀 못했으면 좋겠어
내 친구보다 남자 친구가 더 빨리 생겼으면 좋겠어
내 친구보다 인기가 많았으면 좋겠어
그리고 내가 내 친구의 베프였으면 좋겠어

하지만 지금 내게 가장 필요한 건 그냥 친구
나에게 말 걸어 줄 그냥 친구

교실에서 잠자는 이유

우리 집이 마음에 드는 건 버스 종점 근처라는 것 하나
내 지정석은 왼쪽 끝 제일 높은 창가 의자

비스듬히 유리창에 머리를 기대 하늘을 볼 때가 많다
비가 올 때 손바닥으로 습기 찬 유리창을 문지르기도 하고
눈이 올 때 손톱으로 성에 낀 유리창에 글씨를 새기기도
하고

그중에서 내가 잘하는 건 멍때리는 일
멍때리는 것은 아무 생각이 없다는 것이 아니다
멍때리는 것은 생각을 하기 위해 생각을 안 하는 것이다
멍때리는 것도 기술이 필요하다

그러다 보면 피곤하다

학교 가지 않은 날에 대한 변명

집에서 나올 때 눈앞이 깜깜했다
아이스크림을 사 먹던 슈퍼마켓도 지나갔다
허리 구부러진 할머니가 늘 멍하니 앉아 있던 돌계단도
지나갔다
놀이터 주위에서 어슬렁거리던 고양이의 눈초리도 지나
갔다

땅만 보고 가던 내 눈이 하늘에서 내려오는 눈을 보았다
땅꼬마 요정들이 나를 향해 한꺼번에 달려오는 것 같았다
나를 붙들고 어떤 이야기를 하고 싶어 하는 것 같았다

주위가 온통 하얗게 변했다
슈퍼마켓도 사라지고 할머니도 사라지고 고양이도 사라
졌다
학교 가는 길이었는데 학교 가야 하는 시간도 사라졌다
모든 것이 하얗게 변해 버렸기 때문이다

학교 가는 길을 잃어버렸다

아무도 생각나지 않은 시간이었다

내 목소리 들려요?

선생님!
선생님!
소리 내 불러 보고 싶었다

나 같은 애가 부른다면 대답해 줄까?
수업 시간에 잠만 자고 딴짓만 하는데
뭐가 될래?
라는 소리도 자주 듣는데

선생님은 내 이름 부를 때 화가 나 있는 것 같은데
우물쭈물 선생님 근처에 서 있던 적도 있는데
내 이름 다정하게 불러 주면 좋겠다고 생각했는데

세영아, 이것 좀 도와줄래?

선생님!
선생님, 내 이름 불렀어요?
다정하게 내 이름 불렀어요?

그럼요, 백만 년 동안 도와드릴 수 있어요
그럼요, 뭐든지 시켜도 다 할 수 있어요

선생님,
이제 내 목소리로 선생님! 하고 잘 부를 수 있어요

말 걸기의 어려움

전학 온 그 애는 늘 혼자 다닌다
수학여행도 가지 않았다
몸에 무엇이라도 닿으면 화들짝 놀란다
이 년째 같은 반이지만
말 한마디 걸어 본 적 없다

반 아이들은 그 애를 은근히 따 시킨다
내 마음은 그 애와 말하고 싶은데
다른 애들 눈치 보느라 머뭇대고 있다

그날 수업 시간에 그 애가 갑자기 울기 시작했다
아무도 그 애를 건드리지 않았는데 말이다
얼굴이 하얗게 변한 선생님은 어쩔 줄 몰라 했고
우리들은 고개를 숙이고 딴짓을 했다

선생님은 아래의 단어들을 이야기했을 뿐이다
4월, 봄, 바다
잊고 있었다

그 애 언니는 단원고 학생이었다

그 애에게 말을 걸어야겠는데
오늘은 아니고 내일
오늘은 말 거는 연습부터 해야겠다

불면의 이유

자려고 누웠는데 잠이 오지 않는다

이제 고등학교 가야 할 날이 다가오는데
공부를 어떻게 해야 하는지
친구들하고 어떻게 헤어져야 하는지
입시 지옥에 빠진다고 하는데 겁부터 난다

그런데 이런 고민은 순식간에 지나간다

지금 가장 큰 나의 고민은
내 베프 희정이가 아이돌 그룹에 빠져
앨범도 사고 달력도 사고 슬로건을 만들며
다른 건 아무것도 신경 쓰지 않는 것이다

다른 고등학교로 입학해 헤어질 수도 있는데
내 생각은 전혀 안 하는 것 같다
슬프고 화가 나서 잠이 오지 않는다

제2부

지옥의
상담 시간

최저 임금 인상에 대한 알림을 읽고

> ### 알림
>
> 2018년도 최저 임금이 16.4% 대폭 인상되어 직원의 인건비도 동반 상승됨으로 인해 우리 입주민의 일반 관리비 부담이 평당 1,440원에서 약 1,568원으로 상승될 것으로 예상됩니다. 입주민 여러분의 이해와 협조를 부탁드립니다. 더욱더 알뜰한 살림을 살도록 고심하고 노력하겠습니다.

우리 아파트 경비 아저씨들은
　가끔 바닥에 과자 봉지 슬쩍 버리는 걸 귀신같이 알고는 째려본다
　친구들이랑 주차장 입구에 잠깐 쭈그려 앉아 얘기라도 하면
　흩어지라고 소리 지르는 정말 밉상 아저씨들이다

　엘리베이터 거울에 붙어 있는 알림을 읽다가
　경비 아저씨를 단 한 명도 자르지 않았다는 사실에

우리 아파트 좀 멋진걸,이라고 아주 잠깐 생각했다
그렇다고 내가 어른들을 좋아하는 건 절대 아니다

근로하는 삼촌 노동하는 엄마

삼촌은 근로자의 날이라서 쉬고
엄마는 노동자의 날이라서 쉬고

삼촌은 회사 안 가서 좋다고 하고
엄마는 회사 잘릴 것 같다고 하고

삼촌은 굴뚝이 있었다는 옛날 목욕탕 이야기를 하고
엄마는 굴뚝에 여전히 사람이 있다는 이야기를 하고

삼촌은 누나 일 아니니까 신경 쓰지 말라고 하고
엄마는 내 일 될 수 있으니까 관심 가져야 한다고 하고

5월 1일이 근로자의 날이거나 노동자의 날이거나 상관
없다

엄마나 삼촌이나 저런 소리 안 하고
삼촌이나 엄마나 잘릴 걱정 없이
편안히 쉬는 날이었으면 좋겠다

시끄러워 죽겠다

나의 고민

학교 가는 길이 불행하다는 것입니다

똑같이 규칙적으로 지내는 게 싫습니다

공부는 하기 싫지만 놀아 버리면 나중에
인생이 망할 것 같아 불안합니다

내가 뭘 좋아하는지 모르는 것이
가장 힘들고 슬픕니다

나는 결코 잠을 자는 것이 아니다

나는 생각을 정리하는 것이다
생각을 정리하고 있으면
자꾸 나보고 잠을 잔다고 한다

뭐, 어떨 때는 정말 잠을 자지만
대부분 그저 생각을 정리하는 것이다

나는 결코 선생님을 무서워하는 것이 아니다
갑자기 나타나 나의 생각을 방해하는
선생님 때문에 놀랄 뿐이다

입시 상담

너는 이 성적으로 대학 문 앞에도 못 간다

한심하다는 듯한 눈으로 날 쳐다보며 내뱉은 그 말

내가 치고 싶던 피아노나 더 친다고 해 볼걸
내가 쓰고 싶던 시나 더 써 본다고 할걸
내가 되고 싶던 연예인 오디션이나 한번 볼걸
내가 좋아했던 아이돌 가수 콘서트나 가겠다고 할걸

이 모든 걸
엄마가 안 된다고 할 때 울고불고 난리 쳐 볼걸

귀에서 입 큰 벌레들이 기어 나오는 지옥의 상담 시간

텅 빈 마음

우리 반 아이들 대부분 실습하러 나가고
선생님과 눈 마주치기 싫어 엎드려 잠자는 척한다

국어 시간에도 자습
수학 시간에도 자습
실습 시간에도 자습

선생님은 우리에게 관심이 없고
엄마는 다른 아이들처럼 실습 나가지 않는다고
한숨을 쉬겠지

나의 열여덟은 이제 곧 끝나는데
나의 열여덟과 놀아 줄 친구들은 없다
심장이 바닥을 향해 쿵쿵 떨어진다

사회생활

여름 방학 끝나자마자 실습을 나갔어요
선생님은 나를 칭찬했고 친구들은 부럽다고 했어요
이미 대기업에 취직한 것처럼 부모님은 좋아하셨죠
    나는 으쓱거렸고 부러워하는 친구들 앞에서 은근슬쩍
뽐내기도 했어요

출근하면 제일 먼저 탕비실로 들어가 컵을 닦았어요
컴퓨터를 켜면 무슨 일을 시켜야 하는데 다들 바빴어요
멍하니 앉아 있으면 선배라는 사람들이 왜 멍하니 있냐고
한 소리씩 하고 자기 일만 했어요
회식 있다고 남으라고 할 때 남아야 하는지 몰랐어요
    나는 실습을 나간 거지 그 회사 소속은 아니라고 생각했
어요

나는 학생인데, 마지막 등록금까지 냈는데, 졸업은 멀었
는데
    회식 안 가고 집에 가는 길에 찜찜한 마음이 내내 출렁
거렸어요

사회생활이라는 긴 그림자가 나를 삼키는 것 같아요
선생님이 사회생활은 원래 그렇다고 그러려니 하래요

절대 비밀 받아쓰기 1

이모, 이건 절대 비밀이야
엄마가 알면 큰일 나
엄마는 잔소리쟁이고 욕쟁이고 울음 덩어리를 가지고
있으니까

이모, 나 갈빗집에서 알바해
손님들이 여기요! 하면 저기로 달려가 주문 받고
손님들이 야! 해도 신나게 달려가 상을 치워 주는 일이야
휴대폰 벨이 천둥처럼 울려도 절대 전화 받으면 안 되는
거야

나쁜 친구들하고 어울리느라 늦게 들어온다고 이모한테
하소연해도
절대 이야기하면 안 돼

엄마가 내 옷에서 술 냄새 난다고 한 건
어떤 이상한 아저씨가 술을 쏟았기 때문이야
엄마가 내 옷에서 담배 냄새 난다고 한 건

어떤 무서운 아저씨가 담배 연기를 뿜었기 때문이야
엄마가 내 무릎 까졌다고 속상해한 건
쟁반 들고 빨리 걷다 넘어져서 그런 거야, 별거 아니야

아파도 서러워도 화가 나도 울지 않으려면 입술을 깨물
면 돼
입술에 흉터가 생긴 이유야

열여덟 살이 뭘 할 수 있냐고 절대 물어보지 마
나도 야자 하고 싶고 학원 다니고 싶고 용돈 받은 돈으
로 삼각김밥 사 먹는 거 좋아해

이모, 이모는 엄마 언니니까
동생이 슬프면 싫잖아 동생이 아프면 싫잖아 동생이 화
내면 싫잖아
그러니까 이모, 이건 비밀
글쎄, 알바비 받으면 뭘 할지는 아직 정하지 않았어
그러니까 이모, 이건 절대 비밀

절대 비밀 받아쓰기 2

이모, 이것도 절대 비밀이야
진짜 얘기하면 안 돼
나 오늘 학교 안 갔어

간호 실습 있는 날이었는데
내가 제일 좋아하는 실습 과목인데
오늘은 정말 무섭고 하기 싫었어

나자르*는 스물한 살이래
나자르는 간호사래 내가 되고 싶은
나는 열여덟 살이고 졸업하면 간호 조무사가 될 건데

나자르는 팔레스타인 사람이래
다친 사람 간호하다 가슴에 총알을 맞고 죽었대

엄마는 이해 못 하겠지만
엄마는 너나 잘하라고 또 소리 지르겠지만
이모는 시인이니까

오늘 하루 나자르를 위해 충분히 울어도 되지?

그러니까 이모, 이건 절대 비밀

* 가자 지구의 귀환 대행진에 간호사로 참여한 21살 라잔 나자르. 적신월
사(적십자사)의 로고가 새겨진 조끼를 입고 있었지만 어제 오른쪽 가슴
에 이스라엘군 저격병의 총알을 맞고 숨졌습니다. ― 팔레스타인평화연
대 페이스북(2018. 6. 2.)

교복과 교복 사이

버스 안 서열은 대충 넘어가야 해
너희들 교복과 모양이 달라도 대충 넘어가
내가 태어날 때 너희들과 다를 줄 어떻게 알았겠냐

너희들이 엉덩이에 땀띠 나도록 의자에 앉아 있을 때
　나도 실습실에서 엉덩이에 쥐가 나도록 실습을 해야 한
다고

　세탁소 냄새가 폴폴 나는 너희들을 보면 부럽기도 했어
　버스 안에서 내 교복 보고 수군덕대는 거 알아
　모르는 척 반대편으로 돌아서기도 했지 창밖을 보는 척

　오래 쌓아 둔 낙엽처럼 지린내 나는 이 층 교복 가게에서
　교복 입은 나를 보며 엄마가 눈물 한 방울 슬쩍 떨어뜨
리는 걸 봤어
　문제아였던 나는 고등학교에 갈 수 있을지가 문제였거든
　너희들은 믿을 수 없겠지만
　그 힘으로 계속 너희들과 같은 버스를 타는 거라고

그러니까 버스 안 서열은 그냥 대충 넘어갈래

손님보다 알바생

아빠는 가끔 야채곱창을 포장해 오기도 했다
아빠는 가끔 나를 곱창집으로 불러내기도 했다

곱창집 사장님은 아주 멋진 어른이었다
곱창도 정말 잘 구워 주었고 서비스로 사이다도 주었다

사장님은 아주 친절했으므로
사장님은 아주 상냥했으므로
사장님은 교복 입은 나를 아주 칭찬했으므로
나의 첫 곱창집 서빙 알바는 슬프지 않았다

사장님은 손님 자리 못 찾는다고 소리를 질렀다
사장님은 주문 못 받는다고 소리를 질렀다
사장님은 '어서 오세요'를 큰 소리로 안 한다고 소리를
질렀다
사장님은 '애가 멍청해 가지고'라며 나의 교복을 무시했다
사장님은 죽을 만큼 아파 잠깐 앉아 있던 나의 생리통을
무시했다

나는 그대로 나인데 손님이 아닌 알바생이 되었을 뿐인데
사장님은 잘려 나가는 곱창처럼 내 슬픔을 뭉텅뭉텅 잘
랐다

실업자가 된 아빠는 다시 취직하면 곱창집에 가자고 했다
아빠는 모르지 내가 곱창집 알바생이라는 것을

아빠, 이제 곱창은 절대 먹지 않을 거야

이건 정말 상상일 뿐

나는 원래 물고기였는데 사람으로 잘못 태어난 것 같다

비가 오는 날엔 비늘이 파닥거려 간지러워 참을 수 없다
교복을 벗어 버리고 물속을 마음껏 헤엄치고 싶다

아무도 모르게 교복 속으로 손을 넣어 비늘을 떼어 낸다
떼어 낸 비늘은 훅 불면 신기루처럼 물속으로 사라진다

내 몸을 덮으며 날마다 비늘은 자라는데
쓸모없는 비늘로 무엇을 할까

내 몸이 비늘로 덮여 있다는 걸 아무도 모른다

이름표를 다는 시간

우린 중학교 단짝이었어요

내 친구는 공부도 정말 잘하고 내 친구는 성격도 정말
좋고 내 친구는 얼굴도 정말 예쁘고
내 친구는 선생님한테도 사랑받고
내 친구 엄마 아빠도 멋진 어른이었어요
난 공부도 별로고 성격도 별로고 얼굴도 별로고 선생님
한테도 별로고
난 엄마 아빠의 골칫덩이고 나보다 공부 잘하는 언니를
더 좋아했죠

우린 중학교 단짝이었어요

난 특성화 고등학교에 들어갔고 내 친구는 인문계 고등
학교에 들어갔죠
단짝 친구 기념으로 우린 이름표를 교환해서 간직했어요
난 대학이라는 단어를 생각조차 못 하는데 내 친구는 인
서울 대학을 이야기했죠

우린 중학교 단짝이었는데 이름표 색깔이 달라지니 단짝이 없어졌죠
우연히 길에서 만나도 썩소를 지으며 그냥 지나쳤죠
같은 색깔의 이름표를 단 친구들과 어울려 다니는 내 친구가 미웠어요
난 내 교복을 찢고 싶었고 내 친구 이름표를 부수고 싶었죠

가끔 내 친구가 보고 싶었지만 그놈의 자존심 때문에 핸드폰만 만지작거렸죠
가끔 내 친구는 전화도 하고 문자도 했지만 난 다 씹었어요

2014년 4월 16일
내 친구는 차가운 바다에서 따뜻한 별이 되었어요

아무도 나한테 관심 없겠지만 난 내 친구 이름표를 가방에 달고 다녀요

내 이름표는 왼쪽 가슴에 붙어 있지만 내 친구 이름표는
가방에 붙어 있어요
내 심장이 가방에 달린 것 같아요

난 씩씩해서 울지도 않을 거예요
단짝 친구 이름표가 내 가방에 딱 붙어 있으니까요

제3부

할머니는
내 손을
잡을 때마다

배신감

엄마는 내가 반에서 꼴등이라고 하면
"엄마 환장하는 꼴 볼래?"
이모는 "괜찮아, 괜찮아, 그럴 수도 있지."

엄마는 내가 남자 친구 있다고 하면
"얘가 지금 어떤 시국인데, 미쳤니?"
이모는 "우와, 우리 조카 완전 부러워."

엄마는 내가 학교를 안 가면
"대체 뭐가 되려고 지랄이야?"
이모는 "어, 우리 조카 무슨 일 있구나."

엄마는 내가 교복 치마 좀 올려 입으면
"속옷 보인다. 당장 안 내려?"
이모는 "우리 조카 다리 완전 캡짱 이쁘네."

이모가 엄마였으면 좋겠어
걱정만 하는 엄마 말고

화만 내는 엄마 말고
질문만 하는 엄마 말고

어느 날 이모가 말했어
"너 엄마한테 잘해야 한다."
"니네 엄마는 내 동생이야."
"너는 그러니까……."
누가 이모 좀 데려갔으면 좋겠어

엄마 때문이다

화장실이 쭈그려 앉는 구조다(오 마이 갓!)

간판은 옛날 간판에 거미줄이 덕지덕지 붙어 있다(참을
수 없어!)

시멘트 덩어리 같은 마루에서 갈비를 굽는다(이런 소오
름!)

여름이면 파리들이 서커스 하듯 날아다닌다

겨울이면 찬 바람이 유리문 사이로 쳐들어온다

손님 있는 날보다 없는 날이 많아

망해 가는 흥수돼지갈비

나 태어나기 전, 스무 살 엄마가 월급 타면 할머니 할아
버지랑 왔던 식당

나 태어나기 전, 날라리 엄마가 이모한테 엄청 욕먹고
펑펑 울며 먹던 갈비

나 태어나기 전, 아빠가 엄마 데려다주며 걷던 길가에
있던 식당

나 태어나기 전에도 나 태어난 후에도 똑같은 식당 똑같

은 사장님

　낮은 간판, 낮은 지붕 들이 웅성웅성하는 그곳
　이제 사라지려 하는 엄마의 이야기가 있는 그 길가 가게
들 중 하나
　그 식당 정말 가기 싫지만 군말 없이 갈비를 뜯다 오는
건 다 엄마 때문이다

할머니 덕분이다

초등학교 급식 봉사에도 할머니가 바람처럼 왔다
중학교 입학식에도 할머니가 꽃다발과 함께 왔다
중학교 졸업식에도 할머니가 하얀 눈과 함께 왔다
학부모 참관 수업에는 단 한 번도 오지 않은 할머니

입학식이나 졸업식이나 학부모 참관 수업이 있는 날이면
엄마는 야근을 하고
엄마는 출장을 가고
나는 할머니한테 소리 지르며 서럽게 울었다

할머니는 내 손을 잡을 때마다
"니 엄마 손도 이렇게 잡고 학교 데려다주고 싶었지."
할머니는 내 김밥을 쌀 때마다
"니 엄마 소풍 갈 때도 이렇게 김밥을 싸 주고 싶었지."
할머니는 내가 아플 때 병원에 같이 가 주면서
"니 엄마 아플 때 할머니는 공장에서 일하고 있었지."

고등학교 입학식에선 할머니와 엄마와 나 셋이 나란히

사진을 찍었다
　오글거리는 브이를 해 대며

　엄마, 이게 다 할머니 덕분이야
　할머니한테 효도해

비밀번호의 비밀

우리 집 현관 비밀번호는 비밀이 아니다

삼촌은 삼촌이라서 알려 줬다
고모는 고모라서 알려 줬다
열쇠가 있는 할머니는 비밀번호를 몰라도 들어온다
그리고 이건 비밀인데
내 친구 희정이도 알고 있다

학교에서 돌아와 보니 식탁 위에
'우리 세영이 용돈'이라는 쪽지와 함께
만 원짜리 한 장이 놓여 있다

택배 배달하다 잠깐 들른 삼촌일 수도
밤새 식당에서 일하고 잠깐 들른 고모일 수도
시골에서 농사짓다 잠깐 들른 할머니일 수도

우리 집 현관 비밀번호는 비밀이 아닌 것처럼
웃음이 나는 내 마음도 비밀이 아니었으면 좋겠다

아빠는 몰라요

날아다니는 물고기 모양의 문신을 하고 싶었다
목에서부터 어깨까지 선명하게 그려진

교복 블라우스 단추를 채우면 감쪽같이 숨길 수 있겠지
일일이 다 확인하는 선생님은 없겠지
우리 학교 선생님들은 거의 다 나를 포기했으니까

학교에서 나가면 양말을 벗어 던진다
운동화를 구겨 신으면 뒤꿈치에 작은 거북 문신이 있다

목에 날개 달린 말이 있는 친구
종아리에 날개 달린 고래가 있는 친구
옆구리에 날개 달린 용이 있는 친구도 있는데

내 발목엔 작은 거북 문신
영원히 날 수 없을 것 같아 불안하다

다행히 아빠는 모른다

오늘이 사라지면 좋겠다

시험공부 하나도 못 했는데
머릿속은 새하얀데
엄마는 내 속도 모르고 미역국을 끓였다

시험이라고 얘기한 것 같은데
공부 안 한다고 어젯밤에 혼났는데
건망증 심한 엄마 또 까먹고 미역국을 끓였다

오늘 시험이라고 했잖아
잿빛으로 변한 엄마 얼굴이 미역국처럼 부글거렸다
난 아무 잘못도 없는데
평소처럼 소리 지르고 평소처럼 짜증 내고 평소처럼 투
덜댄 것뿐인데
엄마 눈에서 눈물이 콸콸 쏟아진다

집에 가려면 아직 두 시간이나 남았는데
뭔가 찜찜하다 두고 온 것이 있는 것 같다
난 아무 잘못도 없는데

엄마 때문에 자꾸 집중이 안 되고 짜증 난다
아, 집에 가기 싫다
시험도 망쳤는데

아빠가 문자를 보냈다
"어제 아빠가 얘기했잖아. 오늘 엄마 생일이라고."

쓸쓸한 마음

부엌 작은 창문으로 먼 곳을 멍하니 바라보면서
엄마는 가끔씩 혼잣말로 "쓸쓸해."라고 한다
내가 그 말을 듣는지 모를 거다

학원 가는 시간은 귀신같이 알고 들들 볶기도 하면서
성적표를 보며 눈을 내리깔고 한심하게 쳐다보기도 하
면서
어떤 친구랑 노는지 감시하는 것도 같은데
나에 대해서는 피곤할 정도로 다 알고 있는 것 같은데

"엄마, 왜 쓸쓸해?" 물어보면
"엄마가 언제 그랬어?" 버럭한다
엄마는 엄마 마음을 모르는 것 같다

엄마의 쓸쓸함이 궁금하기도 하지만
그건 내 마음이 아니니까 모른 척하기로 했다

명령의 오류

게임을 할 때마다 프로그램을 깔라는 명령이 화면에 나
타난다
엄마가 나에게 명령하듯 선생님이 나에게 명령하듯

게임 할 때 명령은 군소리 없이 시키는 대로 다 하는데
엄마의 명령은 말끝마다 알았다구,라는 말대꾸가 붙는다
선생님의 명령은 말이 끝나기 무섭게 삭제해 버린다

나는 아무 문제 없는데
아무래도 명령의 오류 같은데

오늘은 만우절

오늘 아무 일도 일어나지 않았다

엄마도, 아빠도, 선생님도, 우리 반 그놈도

오늘 아무도 나를 건드리지 않았다

정말 기분 좋은 날이었다

오늘은 만우절이니까

거짓말이라고 해도 믿을 테니까

우리는 거창한 여행 계획을 세웠다

열여섯 살이 어떤 행동을 할 수 있는지 보여 주겠어
각자 맡은 역할은 비밀리에 다 얘기해 주었다

우선 전국을 걷는 거야 그리고
내년엔 세계를 걷는 거지 그리고
제일 먼저 해야 할 일을 잊은 건 아니겠지

부모님께 허락받고 와
허락 안 해 주면 가출이라는 방법도 있다는 걸 기억해

용서하는 마음

용서는 내가 하는 거야
네가 용서해 달라고 아무리 그래도
내가 용서하고 싶지 않으면 용서 안 해도 되는 거야

선생님이나
엄마나
어른들이 용서해 주라고 해도

내 마음이 완전히 풀릴 때까지
난 절대 용서 안 할 거야

제4부

엄마도
엄마가
처음이야

첫 만남
이상한 나의 선생님 1

내가 만난 선생님들은 모두 이렇게 물어봤다
넌 꿈이 뭐니
넌 뭐가 되고 싶어
지금까지 사는 동안 귀가 멍하도록 들어 온 질문
초등학교 땐 아이돌 스타가 되고 싶었지
중학교 땐 돈 잘 버는 스타 강사가 되고 싶었지

고등학교 올라와서야 알았어
난 아무것도 될 수가 없어
그러기엔 나는 선생님에게 보이지 않는 투명 학생
그러기엔 엄마의 한숨 소리가 눈치 보이고
그러기엔 나를 바라보는 아빠의 포기가 눈치 보이고
난 꿈이 없어
뭐가 되고 싶지도 않아, 되고 싶지도 않았어

담임이 휴직해서 기간제 선생님이 담임을 맡았어
늘 그랬듯이 난 담임에게 관심이 없었는데
넌 어떻게 살고 싶어

넌 꿈이 뭐냐가 아니라 어떻게 살고 싶냐고 물어봤어

뭐지? 뭐지? 뭐지? 이상한 이 기분
분홍 마차가 들어오는 기분이랄까
난 생각이라는 걸 하기 시작했어

관심

이상한 나의 선생님 2

절대 말 안 할 거야
담임이랑 절대 말 안 할 거야
정말이야
눈도 마주치지 않을 거야

오토바이 타고 가다 담임을 보았어
내 이름을 불렀어
어떻게 살고 싶냐는 질문에 대한 답을 기다린다고 했는데
아 씨, 아직 답 못 찾았는데 왜 들킨 거야
아니 담임은 날 언제 본 거야
담임이랑 절대 말 안 할 거야
담임이랑 절대 눈 안 맞출 거야

하루가 지나고 이틀이 지나도 담임은 나에게 아무 말도
하지 않는다
그냥 내 이름을 부르고 웃는다
그냥 내 어깨를 툭툭 치고 웃는다
그냥 사탕 하나 툭 던지고 웃는다

빨리 답을 찾아야겠어

어떻게 살고 싶은지

정말 귀찮아 죽겠는데 이상하게 자꾸 생각을 하게 돼

숙제
이상한 나의 선생님 3

담임이 집에 가는 길에 쪼그려 앉아 꽃 하나를 보고 가
라고 했다

다 둘러봐도 꽃 비슷한 것도 없었다

그냥 쪼그려 앉아 눈을 땅으로 내리꽂았다

신발들이 무심히 밟고 지나가는

보도블록과 보도블록 사이

초록이 가득한 한가운데 아주 작은 하얀 꽃 하나가 살랑
거렸다

꼭 나 같았다 눈물이 찔끔 났다

작별 인사

이상한 나의 선생님 4

담임이 말도 없이 가 버렸다
개학하면 제대로 인사하려고 했는데

방학 동안 오토바이 한 번도 안 탔다고
방학 동안 문제집 한 권 풀었다고
우쭐거리며 말하려고 했는데
기간제라서 방학 되면 그만둔다고 회장 놈이 말했다

처음부터 넌 어떻게 살고 싶니,라고 물어보질 말든가
처음부터 담임인 척하지 말든가
처음부터 어깨를 츤데레처럼 툭 치질 말든가
처음부터 회장보다 내 이름을 더 많이 부르지 말든가

책상이 내 목을 탁 치는 것 같았다
책상을 가라앉히기 위해 엎드려 눈을 감았다
눈알이 따끔거린다

회사 다니는 엄마
엄마의 일기장 1

휴대폰 진동이 울리면 심장이 벌렁벌렁
책상 위 서류들이 벌레처럼 스멀스멀
"엄마, 준비물 사야 해."
전화를 받을 땐 꼭 회의 시간이 가까워 오고
"엄마, 몇 시에 들어올 거야?"
전화를 받을 땐 꼭 부장님이 불러 달려가야 하는 이상한
하루

할 얘기도 없다면서 오 분 간격으로 전화를 하는 아이
시도 때도 없이 문자 알람이 깜빡거리는 하루
직원들과 회의하는 동안
회사 전화 붙들고 숨 쉴 틈 없이 일하는 동안
답장도 못 해 주고 일하다 문득 돌아본 회사 유리창

눈물처럼 비가 내리네
우리 딸 우산도 없이 집에 갔겠네
수줍어 친구들에게 우산 같이 쓰자는 말도 못 하고
비 맞으며 집에 갔겠네

말 없는 우리 딸 터벅터벅 아무렇지도 않은 표정으로
씩씩한 척하며 집에 갔겠네

달라붙고 끈적끈적한 교복 신경 안 쓴다는 표정으로
우리 딸 씩씩하게 집에 갔겠네
엄마 퇴근해 신발 벗는 소리가 들리면
그제야 이불 뒤집어쓰고 소낙비처럼 울겠네

밥 먹고 학교 가

엄마의 일기장 2

아침밥 먹고 가야지
늦었어
계란프라이라도 먹고 가
늦었어
우유라도 줄까
체육복 바지 왜 안 빨았어 짜증 나

우리 딸 엄마도 엄마는 처음이야
고딩 딸 엄마도 엄마는 처음이야

우리 둘 다 지각

엄마의 일기장 3

날마다 번개가 치듯 쿠르릉 지나가는 똑같은 아침

"오늘 난 죽었어. 죽었다고!"
우리 딸 엘리베이터 앞에서 고래고래 소리친다

오줌이 마려웠지만 마렵다는 사실을 잊고 출근했다

오늘도 간당간당한 하루

너의 슬픔

엄마의 일기장 4

아프다며 학교에 가지 않겠다고
돌아누워 이불을 뒤집어쓴 너의 어깨를 보고

이마에 손을 얹어 보아도 뜨겁지 않고
기침을 하나 귀를 입에 대 보아도
씩씩대는 숨소리만 들렸다

손으로 만질 수 없는 슬픔이 있는 것 같았다

이 비밀은 딸이 몰랐으면 해

엄마의 일기장 5

쟤는 왜 저러는지 모르겠어

뭐가 불만인지

저 가방은 어제 기숙사를 탈출했다는 증거야

탈출이라는 단어는 쟤가 먼저 썼다고

사감 선생님한테 대들긴 왜 대들어

어른이 되면 하고 싶은 것 다 할 수 있는데

조금만 참으면 되는데 뭐가 불만인지

기숙사라는 곳이 검열해야 통제가 되지

지가 애들 대변인이야

생활 기록부에 이상한 거 기록되면 어쩌려고 저래

부당한 거 누가 몰라 그냥 참는 거지

그렇다고 어른한테 액체 괴물이 뭐야

난 그래도 쟤보다는 얌전했지

왜 옛날얘기는 꺼내서 그래 지금 내 과거가 중요해?

그땐 선생들이 아주 이상해서 그랬다니까

쟤가 나를 닮았다고? 말도 안 돼

나를 닮으면 안 되지

내일은 어떤 거짓말로 선생님에게 말해야 하나

연차 휴가

엄마의 일기장 6

따님이 아이들을 괴롭혀요

우리 아이는 그런 아이가 아니에요

그런 아이는 없어요

우리 딸이 정말 괴롭혔나요 증거 있나요

어머니, 흥분하지 마시고요

혹시 괴롭힘을 당한 건 아닌가요

쉬는 시간에 아이들 손등을 볼펜으로 찔러요

왜요, 분명 이유가 있을 거예요

어머니, 이유는 없어요 그냥 따님이 아이들을 괴롭히는

거예요

이유를 물어보지 않았나요

상담을 해도 딴 곳만 보고 말을 안 해요

그래서요

그래서 어머니를 부른 거예요

우리 딸과 말한 지 백만 년은 된 것 같아요

어머니, 딸과 대화 좀 하세요

휴가를 내고 회사에 가지 않았다

딸도 학교에 가지 않았다
오늘은 우리에게 휴가가 필요하다

내 딸의 남자 친구

엄마의 일기장 7

밤마다 귀신처럼 방문이 들썩거린다
환한 웃음이 방문을 두드리는 것도 같다

학원을 가지 않은 것 같다
이어폰을 끼고 방문을 쾅 닫는다

머리를 노랗게 물들이고 왔다
학교에 가지 않겠다고 한다

한동안 딸아이의 얼굴을 보지 못했다

머리를 다시 까맣게 물들이고 왔다
교복을 다려 달라고 주문한다

남자 친구 얼굴 좀 보고 싶다

너는 말 못 하고 죽은 귀신이 붙었나 보다

내가 자주 듣는 말

살아 있는 나한테 퍼붓는 저주 같은 말

아무도 모를걸

내가 참고 참고 참다 겨우 내뱉는 말이라는 걸

유미를 위하여

김현 시인

특성화 고등학교에 재학 중인 십 대를 만난 적이 없다. 실업계 고등학교에 다니던 십 대나 인문계 고등학교 '취업반'이던 십 대와는 만나고 어울렸다. 그중 한 사람이 유미다.

유미는 나의 누나다. 중학생 유미는 밝고 씩씩했으며 공부에는 소질이 없었다. 그런 유미가 집 근처에 있는 인문계 고등학교 진학에 실패하고 이른바 '꼴통 고등학교'에 다니게 되었을 때 우리 가족은 그 사실을 창피하게 여겼다. 가족 누구도 유미의 고등학교 입학을 축하하지 않았다. 유미 역시 그런 상황을 눈치껏 알아서 자기만의 방에서 울었다. 어린 나는 그런 유미를 불쌍하게 생각했다. 그렇게 '예비 입시생'이 되지 못한 유미는 열일곱을 주눅이 든 채로 시작했다.

내 어깨엔 주눅이 붙어살아요

하루도 빼놓지 않고 어디에선가 귀신처럼 날아와요
깔깔 웃는 내 얼굴에도 가끔 주눅이 붙어요
자세히 보면 교복에도 얼룩처럼 붙어 있죠

거울 속 그림자처럼 나만 볼 수 있다면
주눅 같은 건 없다고 거짓말 칠 수 있는데
나만 빼고 다 보이나 봐요
어깨 가슴 쫙 펴고 다니라고
교복 신경 쓰지 말라고
땅바닥 보지 말고 정면만 보라고
말해 주는 내 친구 등에도 주눅이 붙어 있죠

—「주눅이 사라지는 방법」 부분

    십 대의 얼굴이 언제나 깨끗하고 맑고 자신 있는 것이 아니라 해도 집에서 좀 멀 뿐인 고등학교에 다니는 동안 유미의 표정은 어두운 쪽에 가까웠다. 얼마 전까지 같은 교복을 입었던 친구들과 '다른' 교복을 입고 등하교한다는 이유만은 아니겠으나 유미는 풀이 죽어 있었다. 몇 달 뒤, 유미가 집 근처의 인문계 고등학교로 전학 오게 되었을 때 부모는 무거운 짐을 던 듯했다. 그런 속내를 유미에게 숨기지 않았다. 그때 가족들의 반응을 살피며 유미는 어떤 기분이었을까. 지금 와 생각해 보면 가장 큰 짐을 내려놓은 건 유미 자신이었을 텐데 말이다.

그렇게 '인문계 교복'을 입고 활기차게 학교에 다니던 유미
는 취업반에 배정되었고, 실습 나간 곳에서 경리 업무를 보며
사회생활을 시작했다. 일의 고충을 털어놓지도, 힘듦을 내색하
지도 않던 유미에게 스트레스성 원형 탈모가 생긴 게 그즈음
인지 그보다 한참이 지난 시점인지는 정확히 기억나지 않는다.
다만 머리에 오백 원짜리 동전만 한 '공백'이 생기면서부터 유
미의 얼굴에서 천진한 십 대의 표정이 사라지기 시작한 건 분
명하다.

> 나의 열여덟은 이제 곧 끝나는데
> 나의 열여덟과 놀아 줄 친구들은 없다
> 심장이 바닥을 향해 쿵쿵 떨어진다
>
> —「텅 빈 마음」 부분

한번은 출근하기 싫다고 말하는 유미를 본체만체하며 심드
렁하게 대꾸한 기억도 난다. 지금이라면 말이라도 당장 때려치
우라고 할 텐데. 그 시절의 나는 나에게만 몰두하느라 다른 이
를 잘 살피지 못했다.

곰곰이 돌아보고 싶다. 유미의 텅 빈 마음을.

유미에게 십 대는 어떤 시절이었을까. 유미에게도 스무 살에
이루고 싶은 꿈이 있었겠지. '진학반'이 아니라는 이유로 유미
에게 '캠퍼스의 낭만'을 대신할 만한 낭만을 이야기해 준 사람

은 아무도 없었을 것이다. 선입견 없이 유미의 이름을 불러 준 이가 있었더라면 어땠을까. 유미가 그런 게 가능한 교육 현장에 있었더라면 내 기억 속 십 대의 유미는 아마도 조금 다른 모습을 하고 있을지도 모르겠다.

*

『주눅이 사라지는 방법』을 읽으며 유미를 자연스레 떠올렸다. 유현아가 '입시 교육에 환멸을 느끼는 청소년' 서사에서 살짝 비켜서서 그려 낸 '정보산업고등학교 청소년'의 몸과 마음이 내가 지켜본 유미와 무척 닮아서였다. "쟤가 또 너 쳐다봤어"(「바로 너라고」) 하고 설레는 얼굴로 사랑을 시작하던 유미, "울어도 울어도 눈물이 나오는데 어쩌라고"(「헤어진 다음 날 2」) 하며 '이별 후유증'을 앓던 울보 유미, "지금 내게 가장 필요한 건 그냥 친구"(「속마음」)라며 '우정주의자'로 거듭나던 유미, "웃음이 나는 내 마음도 비밀이 아니었으면 좋겠다"(「비밀번호의 비밀」)며 새로운 사랑/우정을 시작하던 유미가 '세영'이라는 이름으로, '희정'이라는 이름으로, '나'라는 존재로 이 시집에 머물고 있었다.

자신의 비밀을 알아주길 바라면서 들키고 싶지 않다고 숨기는, 웃고 싶으면서 웃고 싶지 않다고 찡그리는, 자신에 대해 말하고 싶으면서 말하고 싶지 않다고 속삭이는 '나'의 활약상(?)

을 살피는 동안 유미와 어울려 지냈던 '나'를 떠올려 보았음은
물론이다.

　　신발들이 무심히 밟고 지나가는

　　보도블록과 보도블록 사이

　　초록이 가득한 한가운데 아주 작은 하얀 꽃 하나가 살랑거
렸다

　　꼭 나 같았다 눈물이 찔끔 났다
　　　　　　　　　　　—「숙제 — 이상한 나의 선생님 3」 부분

　작가 은유는 "특성화고 학생에 대한 편견은 대개의 편견이
그러하듯 '잘 모름'에서 생겨나고, 편견은 '접촉 없음'으로 강
화된다."(『알지 못하는 아이의 죽음』)라고 이야기한다. 그 말에
힘입어 보면, 유현아는 자신이 접촉한(겪은) 바 있는 십 대의
말과 행동과 내면을 성실히 재현함으로써 특성화 고등학교 학
생의 '특수하지 않은' 실체를 드러낸다. 그들이 "내가 뭘 좋아
하는지 모르는"(「나의 고민」), "멍때리는"(「교실에서 잠자는 이
유」), "엎드려 잠자는"(「텅 빈 마음」), "야자 하고 싶고 학원 다
니고 싶고 용돈 받은 돈으로 삼각김밥 사 먹는 거 좋아"(「절대

비밀 받아쓰기 1」)하는 열여섯, 열일곱, 열여덟이기도 하다는 사실을. 그런 의미에서 이번 시집을 여는 시의 제목이 '열일곱'이라는 것, 이 시에서 화자가 "정보산업고등학교에 다녀서 그런 거야"라고 말하는 대신 "내가 열일곱이라서 그런 거야"라고 고백하고 있음은 주목할 만하다.

　이 시집은 대학 진학을 목표로 하는 십 대를 표준값으로 상정하고 학교와 학생을 서열화하는 공교육의 테두리 안에서 우리가 살펴 듣지 않으려 한 '목소리'를 듣게 한다. 그 경험은 '특성화고 학생=공부 못하는 학생', '공부 못하는 학생=현장 실습생', '현장 실습생=불우한 존재'라는 얄팍한 편견을 지우는 한편, 모든 십 대들이 학교에서, 학교 밖에서, 집에서, 집 밖에서, 대학에서, 일터에서 사람들과 어울려 지내며 다양한 경험을 쌓고 '성장하는 존재'라는 사실에 편견 없이 다가가게 한다.

　　난 특성화 고등학교에 들어갔고 내 친구는 인문계 고등학교에 들어갔죠
　　단짝 친구 기념으로 우린 이름표를 교환해서 간직했어요
　　난 대학이라는 단어를 생각조차 못 하는데 내 친구는 인서울 대학을 이야기했죠

　　(중략)

2014년 4월 16일
내 친구는 차가운 바다에서 따뜻한 별이 되었어요

(중략)

난 씩씩해서 울지도 않을 거예요
단짝 친구 이름표가 내 가방에 딱 붙어 있으니까요
                              —「이름표를 다는 시간」 부분

나자르는 팔레스타인 사람이래
다친 사람 간호하다 가슴에 총알을 맞고 죽었대

엄마는 이해 못 하겠지만
엄마는 너나 잘하라고 또 소리 지르겠지만
이모는 시인이니까
오늘 하루 나자르를 위해 충분히 울어도 되지?
                              —「절대 비밀 받아쓰기 2」 부분

 '택배 노동자' 삼촌에게 "삼촌처럼 힘들게 사는 게 무서
워"(「열일곱」)라고 말하던 열일곱 청소년이 '세월호' 희생자와
유가족에게 말 걸기 위해 애쓰고, '최저 임금 인상' 공고에 뿌
듯해하고, 이스라엘군 저격병에게 살해된 '팔레스타인 여성'

을 위해 눈물 흘리고, '노동하는 엄마'의 쓸쓸함을 궁금해하고, '기간제 교사'를 그리워하면서 타인의 시선으로 자신의 생태를 깨우칠 때 일어나는 따뜻한 감흥은 그러니까 누군가의 성장을 함께 지켜보았다는 것에서 비롯되는 것이다.

입학식이나 졸업식이나 학부모 참관 수업이 있는 날이면
엄마는 야근을 하고
엄마는 출장을 가고
나는 할머니한테 소리 지르며 서럽게 울었다

할머니는 내 손을 잡을 때마다
"니 엄마 손도 이렇게 잡고 학교 데려다주고 싶었지."
할머니는 내 김밥을 쌀 때마다
"니 엄마 소풍 갈 때도 이렇게 김밥을 싸 주고 싶었지."
할머니는 내가 아플 때 병원에 같이 가 주면서
"니 엄마 아플 때 할머니는 공장에서 일하고 있었지."
—「할머니 덕분이다」부분

더욱이 유현아는 알바 노동 하는(현장으로 실습 나가는) 딸, 임금 노동 하는 엄마, 예술 노동 하는 이모, 돌봄 노동 하는 할머니 등 세대와 세대로 이어지는 다층적인 여성 노동 서사를 시에 녹여 내며 자주, 쉽게 지워지는, '일하는 여성'이란 유구

한 역사를 또렷하게 부각한다. 여성의 노동이 또 다른 여성의 성장으로 연결되는 이 '덕분의 서사'를 유현아는 귀하게 여긴다. 그를 통해 오늘날 여성, 노동, 인권의 실태에 관해 질문하도록 한다. 그 물음이 '정보산업고등학교'라는 단어와 접속하며 '부모의 직업'이 교육에 어떤 영향을 끼치는지, 학교와 학생에 순위를 매기는 것은 누구인지, 교육이 불평등을 만들어 내는 과정에 대한 탐구로 이어지는 것은 당연하다.

*

유현아가 『주눅이 사라지는 방법』을 통해 결국 말하고자 하는 바는 아마도 어떤 특성화고 학생도, 어떤 십 대도, 어느 누구도 '아무것도 아닌 존재'가 될 수 없고, 되어서도 안 된다는 것일 테다. 아이돌 그룹에 빠진 친구를 걱정하고, 친구와 떠나지 못할 여행 계획을 세우고, 문자 메시지를 주고받고, 책가방을 바꿔 들고, 친구의 이름표를 가방에 붙이는 것만으로도 우리는 고유하게 아름다운 존재가 될 수 있다는 사실을.

유현아에게 청소년기란 '나' 혼자가 아니라 누군가와 함께 이룩하는 시절이다. 열일곱 살의 걱정스러운 고백으로 시작된 시집이 '엄마의 일기장'으로 끝나는 이유는 그 때문이다. '나'의 삶을 토대로 '너'와 타인의 삶을 살피고 염려할 때, 그렇게 서로의 이름을 불러 주며 십 대의 우리는 무럭무럭 자란다. 시란, 시인이란 그런 호명(呼名)을 기억하고 기록함으로써 슬프고 외롭고 아픈 동시대의 누군가에게 손을 내민다. 유현아는 그 '맞잡는 손'을 이 시집의 '속마음'으로 삼았을 것이다.

유미는 이제 어른이 되었다.

가사와 돌봄 노동을 전담하는 가운데 각종 자격증을 따며 인생 2막을 준비하는 중이다. 그간 한 번도 그래 본 적 없으나 유미에게 물어보고 싶다. 열일곱, '구루뽕'으로 앞머리를 하늘 끝까지 세우고 스프레이를 뿌려 대던 그때의 유미는 어떤 사람이었냐고. 십 대로 돌아갈 수 있다면 가겠느냐고. 학창 시절에, 안 보이는 곳에서도 많이 웃고 또 많이 울었냐고. 어떻게 살고 싶었냐고. 그때 '말 안 한 이유'가 있느냐고.

'이건 정말 상상일 뿐'이지만, 유미가 하루의 살림을 마무리한 저녁에 소파에 등을 붙이고 앉아 이 시집을 열어 보면 좋겠다. 책장을 천천히 넘기면서 자신의 열일곱을 되돌아보길. 그리고 그때의 유미를 기억하고 있는 이가 있음을 알게 되길. 유미가 '유미'의 어깨를 토닥거리고 손을 잡고 마침내 그 어떤 부끄러움도 없이 밝고 씩씩하게 미래를 향해 계속 나아가길.

나는 바란다. 이 시집을 읽는 누구라도, "나에게 말 걸어 줄 그냥 친구"(「속마음」)를 원하는 그때의, 지금의, 미래의 열일곱에게, 자기 자신에게 "말 거는 연습"(「말 걸기의 어려움」)을 하게 되기를. 이 바람은 물론, 현아 누나를 위한 것이기도 하다.

"십 대로 돌아갈래?"라고 물으면 단연코 "아니요."라고 말합니다. 그만큼 내가 지나온 나의 청소년기는 슬펐고 외로웠고 아팠습니다. 나를 제외한 모든 사람이 행복한 것 같았어요. 주위 사람들은 고등학교 졸업한 것만으로도 축복이라고 했습니다. 해마다 대학 입시 철이 되면 마음 한구석이 따갑기도 했어요. 대학 대신 취업을 한 나는 이 세상에서 소외되고 있다는 생각을 지울 수가 없었습니다.

생각해 보면 나의 십 대에도 나의 이름을 불러 주는 사람이 있었어요. "현아야!"라고 다정하게 손짓하는 누군가가 있었습니다. 나에게 말 걸기 어려웠다는 친구, 집까지 찾아와 학교 오라고 설득했던 선생님, 마지막 십 대에 만난 회사 선배들, 그리고 가족들. 그때는 몰랐는데, 시간이 한참 지나고 나서야 그들이 나를 지지해 준 사람들이었다는 것을 알았습니다. 그래서 지금까지 견디고 있는지 몰라요.

　이 시들은 제가 만난 십 대 친구들의 이야기이며 제 이야기이기도 합니다. 사소할지 모르지만, 우주보다 더 큰 이야기일 수도 있습니다. 물리적으로 떨어져 있는 시간이 많아지지만, 누군가 자신을 기억하는 사람이 있다는 걸 알려 주고 싶었습니다. 혼자가 아니라는 생각이 들면 마음이 한결 좋아지니까요. 특히, 세영과 희정의 이름을 불러 봅니다. 함께 꿈꾼다면 조금 행복할 것 같습니다.

2020년 11월
유현아

창비청소년시선 31
주눅이 사라지는 방법

초판 1쇄 발행 • 2020년 11월 13일
초판 4쇄 발행 • 2024년 6월 28일

지은이 • 유현아
펴낸이 • 김종곤
편집 • 서영희 한아름 박문수
펴낸곳 • (주)창비교육
등록 • 2014년 6월 20일 제2014-000183호
주소 • 04004 서울특별시 마포구 월드컵로12길 7
전화 • 1833-7247
팩스 • 영업 070-4838-4938 / 편집 02-6949-0953
홈페이지 • www.changbiedu.com
전자우편 • contents@changbi.com

ⓒ 유현아 2020
ISBN 979-11-6570-035-5 44810